Extrait des Mémoires de l'Académie impériale des Sciences, Inscriptions et Belles-Lettres de Toulouse.

QUEL EST L'AUTEUR DES SATIRES TOULOUSAINES ?

EXAMEN DE CETTE QUESTION [1];

Par M. Florentin DUCOS.

Cette question a été posée par M. Eugène Hangar dans
sa biographie de *Baour-Lormian*, publiée par M. Lacointa,
dans sa *Revue de Toulouse*. Il a prétendu avoir des notions
particulières sur l'origine et l'auteur de ces pamphlets plus
ou moins poétiques ; il a mis en avant des révélations qui lui
auraient été faites par l'auteur d'*Omasis* dans l'intimité de
qui il aurait vécu, et il atteste et certifie qu'il résulte de
tous ces documents que *Baour* lui-même, si impitoyablement
déchiré dans ces satires, est l'auteur des *Satires toulousaines*.
Je ne sais jusqu'à quel point M. Hangar a pu ajouter foi à
ces prétendues confidences du poëte toulousain qui était
parfois passablement mystificateur ; mais je puis affirmer à
mon tour, et j'espère démontrer jusqu'à l'évidence, par les
preuves morales les plus convaincantes et par des preuves
matérielles qui sont entre mes mains, que l'auteur des Satires toulousaines n'est point le poëte Baour ; mais qu'elles
sont l'ouvrage d'un écrivain qui, comme prosateur, a acquis
une juste renommée ; qu'elles sont l'ouvrage de mon ancien
collègue au conseil de préfecture, M. Tajan.

Un mot sur l'origine de ces Satires.

A l'époque où, sortant du chaos révolutionnaire, la
France, sous les auspices du gouvernement consulaire, entrait

---

[1] Lu dans la séance du 21 juin 1866.

dans une ère de paix et de prospérité, l'on vit se former, à Toulouse, une société nombreuse qui se donna la mission de faire revivre dans son sein une image des anciennes académies littéraires, savantes et artistiques qui lui avaient acquis une haute renommée. Cette société, qui prit le nom d'*Athénée*, établit son siége dans la rue *Montardy*, et affecta pour ses séances publiques la belle salle, connue sous le nom de *salle des Pénitents-Bleus*. Cette association, qui ne demandait pas mieux que de compter beaucoup d'adhérents, ouvrit ses barrières, et une foule prodigieuse d'incapacités de toute espèce se précipita dans son sein. Plus tard, quand on songea à faire revivre les anciennes institutions, l'Académie des Sciences et, plus tard encore, l'Académie des Jeux Floraux, l'on imagina de porter à l'*Athénée* le coup fatal; ce fut alors que le satirique toulousain se mit en devoir d'accomplir sa mission meurtrière, en se précipitant, tête baissée et indistinctement, contre cette foule inoffensive, immolant sans pitié les nullités et les talents. L'auteur du pamphlet n'omit pas de se frapper lui-même; il était d'intelligence avec Baour; mais ce n'était pas Baour. Sa position de chef de division à la préfecture de la Haute-Garonne mettant M. Tajan en relation avec les organes de la presse, lui fournissait le moyen de faire imprimer son œuvre incognito et de la lancer dans le public. Quoique bien jeune encore; j'avais à peine quinze ans, j'étais dans une position qui me permettait de voir jouer les ressorts de cette intrigue secrète.

J'habitais avec ma famille la maison du carrefour l'Assézat qui fait angle avec la rue de la Bourse et qui portait alors le n° 319; cette maison a été habitée par ma famille pendant quatre-vingt-deux ans. Le premier étage était alors occupé par M. Fontés, banquier. Sa fille, mademoiselle Sophie Fontés, était une virtuose, très-forte pianiste et jouant aussi de la harpe. Dans le salon de M. Fontés se réunissait une troupe d'amateurs musiciens, parmi lesquels figurait M. Baour qui jouait de l'alto; il chantait aussi des romances; il me semble encore l'entendre, de sa voix forte et timbrée, chanter ces couplets traduits des poésies d'Ossian qui commencent par ce vers : *Le cor retentit dans ces bois,* etc., vers que j'ai dictés à mon confrère M. Vaïsse et qui figurent dans le travail qu'il a lu récemment à l'Académie des Jeux Floraux. — Je me rappelle encore d'autres couplets dont j'avais perdu le souvenir (1). — M. Tajan était un des assidus de ce cercle et de la maison. — Il n'y venait pas pour faire de la musique ; un plus doux motif l'attirait ; il était le prétendu de Mlle Fontés qu'il épousa bientôt après. Baour et Tajan se rencontraient tous les soirs dans ce cercle. Tous les jours de la semaine c'étaient de petites soirées ; les grandes soirées avaient lieu le dimanche. — Ce jour-là, Meyran, dont la voix était si pure et si mélodieuse, Berjaud, Vitry, se faisaient entendre. — Le cercle était nombreux. — La première Satire éclata comme une bombe dans ce milieu musical. — Ce fut un déchaînement et d'affreuses imprécations contre l'odieux anonyme. On aurait voulu répondre ; mais à qui s'adresser ? On ne savait comment faire ; c'est la position qu'indiquait l'auteur ignoré dans une Satire suivante :

« Monlon depuis six mois médite une épigramme
» Et met en bouts rimés la fureur qui l'enflamme. »

Ce Monlon était un original qui avait rimé une tragédie qu'il intitulait *Zanga ou la Vengeance,* et qu'il disait avoir imitée d'un auteur anglais. Il racontait qu'étant allé à Paris avec son manuscrit qu'il destinait à la scène française, il avait commis l'imprudence d'en donner lecture dans une société où se trouvait Ducis, et que celui-ci, sans aucun scrupule, s'était emparé de son sujet et de son plan et qu'il en avait tiré sa tragédie d'Othello ; ce qui avait ruiné la réussite

---

(1) On dit que je suis belle ;
Puis-je le croire, hélas !
Je sens peine cruelle ;
Oscar est aux combats ;
Noir chagrin me dévore
Et la nuit et le jour ;
Puis-je être belle encore
Avec chagrin d'amour !

Le bois, le mont, la plaine
Ont perdu leurs couleurs ;
Zéphyr est sans haleine ;
Le printemps est sans fleurs.
Noir chagrin me dévore
Et la nuit et le jour, etc.

à laquelle Monlon croyait pouvoir aspirer. — Le fait est que Monlon rentra à Toulouse avec sa tragédie en poche. — Je me rappelle avoir assisté deux fois à la lecture de ce prétendu drame qui excitait la plus incroyable hilarité ; l'auteur faisait mourir tout son monde ; nous lui demandâmes un jour s'il ne ferait pas grâce au souffleur.

Dans un assez court espace de temps, les *Satires toulousaines* se succédèrent au nombre de six. Le secret était bien gardé, le Juvénal anonyme triomphait ; il se mêlait à ses victimes, leur touchait la main tous les jours, jouait la colère et l'indignation. Il n'a été découvert que bien longtemps après, à une époque où ceux qui auraient pu se plaindre n'existaient plus. Alors il a bien voulu se faire connaître, mais seulement à quelques intimes.

A la même époque, il fut imprimé quelques autres Satires qui eurent aussi un égal retentissement, mais dont l'auteur demeura également inconnu. Je me rappelle en avoir lu une très-virulente contre les usuriers dont Toulouse était infestée ; la loi sur le taux de l'intérêt légal n'avait pas encore été publiée ; ma mémoire n'a retenu aucun lambeau de cette Satire ; il me souvient seulement qu'elle était d'une extrême violence. — Il en parut une autre qui signalait quelques nullités intellectuelles omises dans les Satires précédentes à l'endroit de l'Athénée. Ma mémoire, cette fois, moins oublieuse, me permet de transcrire le passage relatif à un sieur Plantade : Plantade était une sorte d'ingénieur de très-bas étage qui avait passé plusieurs années de son existence obscure à broder sur canevas des sujets pris dans les fables de la Fontaine ; ces canevas, assez bien réussis, valaient à Plantade quelques visites d'amateurs ; dans son indignation d'un pareil succès et de l'admission de ce personnage dans l'Athénée, le Juvénal toulousain s'écriait :

« Et pour comble d'horreur on introduit Plantade !
» Plantade, justes dieux ! qui, sot dès le berceau,
» N'apprit pour tout talent qu'à tourner le fuseau,
» Et qui, prenant l'aiguille après la cinquantaine,
» Sur un plat canevas égorgea la Fontaine. »

Une autre pièce de vers, émanée de la même source, était consacrée à célébrer la solennité d'un brillant concert donné dans cette salle des *Pénitents-Bleus* dont j'ai déjà parlé. J'ai toujours eu grand regret de ne l'avoir pas conservée.

Nous savons que l'Athénée était une société littéraire et artistique. Les concerts avaient une place d'honneur dans ses programmes. — Des talents de la plus haute distinction se faisaient entendre dans cette salle, embellie du magnifique bas-relief de Marc Arcis, représentant le Parnasse et les Muses. — Les soirées musicales étaient préparées avec le plus grand soin et annoncées avec une véritable solennité. — La plus belle société de Toulouse répondait à l'appel des directeurs et venait par ses applaudissements encourager les talents naissants et confirmer les réputations déjà consacrées. — Des commissaires choisis parmi une sémillante jeunesse étaient chargés de faire les honneurs de la salle et d'accueillir les dames aux brillantes toilettes. — Le satirique anonyme a voulu retracer le mouvement de cet accueil :

> De brillants commissaires,
> Des maîtres du logis embaumés mandataires

se pressent au-devant d'une toilette élégante, mais l'un d'eux obtient la préférence ; c'est là ce triomphe que l'anonyme a voulu retracer :

> « Mais Laburthe l'emporte et ses rivaux pâlissent ;
> » Ses bésicles soudain sur son nez rebondissent ;
> » Sa touffe sur son front répand la majesté ;
> » Sa main de rang en rang promène la beauté ;
> » Et sur un banc désert, installant sa conquête,
> » Il retourne à son poste en caressant sa crête. »

Mais je me hâte de rentrer dans mon sujet dont cette digression m'avait un peu écarté. J'ai deux points à établir : le premier, que Baour n'est pas l'auteur des *Satires toulousaines*, le second, que M. Tajan en est l'auteur.

Je dis en premier lieu que Baour n'a point fait les *Satires toulousaines*. — Je soutiens qu'il suffit de les lire et d'étudier un peu le style et les allures de Baour, pour demeurer convaincu de cette vérité.

En effet, quand on est un peu habitué à la manière de Baour, on remarque en lui des qualités de style dont les Satires toulousaines sont dépourvues. C'est une correction grammaticale soutenue, une pureté de langage, une harmonie dans le vers qui flatte agréablement l'oreille, un heureux choix d'expressions, une observation parfaite des règles de la syntaxe. Ouvrez au hasard une scène d'*Omasis*, un chant de la traduction de la *Jérusalem délivrée*, une page des *Veillées poétiques*, vous retrouvez toutes ces qualités et votre oreille est charmée. Pas un vers qui ne soit dans toutes les conditions de la prosodie ; pas une période qui ne fasse à votre oreille l'effet d'une sorte de musique ou d'harmonie. Maintenant lisez les *Satires toulousaines*, et vous trouvez un style hérissé d'incorrections, des vers durs, mal tournés ; quelquefois des vers faux, ou trop longs ou trop courts, qui semblent accuser une ignorance complète des premières règles de la prosodie ; un style inégal, tantôt boursouflé, tantôt effrayant de bassesse et de trivialité. L'anonyme se relève bien souvent, mais il retombe toujours ; quelques exemples pris au hasard vont prouver ce que j'avance ; non que l'auteur manque de souffle ; il en a certainement, et quelquefois il déploie une vigueur excessive ; mais il manque de mesure, et on le voit tomber d'un excès dans l'autre. Voici le début de la quatrième satire, qui a pour titre : *Mes ennuis.*

« Vous ne partirez pas, m'a dit un commissaire ;
» *Vous êtes trop petit pour soutenir la guerre ;*
» Restez dans vos foyers ; je ne suis pas jaloux
» D'envoyer à l'armée un conscrit tel que vous.
» A vous permis, Monsieur, de chanter nos conquêtes ;
» Mais je veux des soldats et non pas des poëtes.....
» A ce brusque refus je ne m'attendais pas.....
» Les poëtes pourtant sont de très-bons soldats.
» Tyrthée au champ d'honneur vengea Lacédémone,
» Et fit briller son front d'une double couronne ;
» Tyrthée était poëte, on le fit général ;
» Je pouvais, à mon tour, devenir caporal.

» Le sort en est jeté.....,, puisqu'il faut me résoudre
» A laisser reposer mon impuissante foudre ;
» Puisqu'il faut renoncer aux palmes des guerriers ,
» Et dans d'autres combats chercher d'autres lauriers,
» Aux welches de nos murs je vais livrer bataille,
» Et me venger sur eux du défaut de ma taille.
» On s'en repentira..... quoique un peu trop petit,
» *David* tua *Goliath ;* j'aurais pu tuer *Pitt* ,
» Et *Carré* , j'en suis sûr, en généreux poëte ,
» Tenait pour ce grand jour une hymne toute prête. »

J'ai choisi, à dessein , un des meilleurs passages des Satires toulousaines ; et pourtant dans ce passage qui ne compte
que vingt-deux vers, que de choses on aurait à reprendre !
— Il y a des traits heureux , je le reconnais, — mais à côté
l'on trouve des vers comme celui-ci :

Vous êtes trop petit pour soutenir la guerre : quelle trivialité !
et *soutenir la guerre,* quelle expression ! *Restez dans vos
foyers ;—je ne suis pas jaloux d'envoyer à l'armée un conscrit
tel que vous,* deux lignes de mauvaise prose, et pour relever
tout cela, la tirade finit par un vers faux : *David tua Goliath,
j'aurais pu tuer Pitt ;* — le premier hémistiche compte sept
syllabes, *Da-vid-tu-a-Go-li-ath ;* — Déjà la première Satire
ne s'était pas refusé ce genre de licence ; on y lit, page 7 :

« Gaujouse, justes dieux ! qui, maudit d'Apollon ,
» Fait, depuis cinquante ans, miauler son violon. »

Le dernier hémistiche du deuxième vers compte sept syllabes,
mi-au-ler-son-vi-o-lon.

Et deux vers plus bas , j'ose à peine copier ce passage :

« Mais quels cris déchirants ont frappé mon oreille ?
» Ma plume fuit mes doigts, je doute si je veille ;
» *Béguillet, Jouillac, Desporte, Saint-André* ,
» Hurlant, beuglant, bramant, *au suprême degré,*
» Emules des crapauds et du peuple aquatique,
» Rassemblant chez *Alquier* leur infernale clique,
» Et bravant les brocards d'un public assourdi,
» A *se faire siffler s'excitent* à l'envi.

En bonne conscience , peut-on accuser Baour d'avoir enfanté
de pareils vers ; et si , par une aberration inexplicable, il

avait eu le malheur de les commettre, aurait-il eu le courage
de les publier? non, certainement non !

C'est surtout contre Baour que le satirique anonyme dé-
charge sa bile; — témoin ce passage de la première Satire :

> « Et Toi son fier rival, toi qu'il prône partout,
> » Qu'il proclame l'arbitre et l'apôtre du goût,
> » Toi, *Baour-Lormian*, dont la muse guindée
> » Sans le secours d'autrui n'eut jamais une idée;
> » Qui du vieil *Ossian* flétris les beaux lauriers,
> » Qui mutilas le *Tasse* et ses tableaux guerriers;
> » Rimeur lâche ou diffus, sans verve et sans audace,
> » Condamné par Lebrun au bourbier du Parnasse,
> » Et qui dans tout Paris, comme un Pradon cité,
> » Viens de ton sot orgueil fatiguer ta cité;
> » C'est toi, c'est toi surtout dont ma Muse dévoue
> » Le nom au ridicule et les vers à la boue. »

Je ne sais pas pourquoi M. Hangar, en citant ce passage,
écrit *qui mutilas le Tasse* en *ses tableaux guerriers;* il y a
dans ce passage, *et*, et non pas *en ses tableaux guerriers.* —
cette inexactitude a été commise deux fois par M. Hangar; —
je ne sais à quoi l'attribuer; il me semble que le sens indique
assez clairement la copulative ET.

Je ne veux pas vous fatiguer, Messieurs, par des citations
que je pourrais multiplier à l'infini, je me contenterai de
dire en les résumant, que dans les trois premières Satires,
on trouve une foule de taches qui ne peuvent échapper qu'à
un homme qui n'est pas du métier, et des vers détestables;
ainsi nous lisons :

> « *Que ferai-je, voyons, pour me désennuyer ?*.....
> » Dans mon triste manoir *raillons* iucognito..... »

Et puis, la *fange*, la *boue*, le *bourbier du Parnasse*, les
crapauds, l'*égoût*, les *immondices*, y sont reproduits à sa-
tiété: Ce sont aussi de mauvaises rimes, des rimes inaccep-
tables. — *Lycée* rime avec *indiquée;* *huer* avec *louer; corriger*
avec *accabler.* — Enfin on est étonné de trouver ce vers-ci :
— *Vous voudriez qu'à des fous j'eus donné l'existence*, ce qui

est tout à la fois un vers faux, (car *vou-dri-ez* fait trois syllabes), orné d'un solécisme ; — puis ce sont d'autres vices de versification : — à la page 14, au 14ᵉ vers, se produisent quatre vers de suite à rimes féminines, qui feraient croire que le poëte est étranger aux règles les plus vulgaires de son art :

> « Sa chute est son partage et l'égoût sa demeure ;
> » Il faut qu'il y croupisse et qu'enfin il y meure.
> » Sans doute j'aurais pu dans mon humeur badine,
> » Absoudre innocemment le père de *Nérine.* »

J'ai copié ces quatre vers, parce qu'il est difficile de croire à de pareilles fautes.

Mais comment en accuser Baour ? Sans doute dans la conversation à laquelle M. Hangar fait allusion il s'est glissé quelque mal-entendu entre les interlocuteurs. Baour, le poëte élégant, châtié, harmonieux par excellence, qui unissait la mélodie du mètre à la pureté du style, doué d'une facilité merveilleuse, improvisant quelquefois des bluettes charmantes ; Baour aurait enfanté ces injures rimées contre l'Athénée de Toulouse! non, mille fois non ! Lisez une page de ses Poésies Ossianiques, ou de son Omasis, ou de sa Jérusalem, ou de ses Veillées poétiques, et vous serez convaincu de l'erreur où M. Hangar est tombé. Je me rappelle qu'un soir, dans la société Fontés, Baour nous raconta que dans un cercle de Paris, associé à un jeu d'esprit, ayant été condamné à donner un nom à une dame qu'il voyait pour la première fois, il improvisa le quatrain suivant :

> « Je vais vous appeler Julie ;
> » Ce nom finit mon embarras ;
> » Il rime trop avec Jolie
> » Pour qu'il ne vous convienne pas. »

Ce quatrain fut accueilli par des applaudissements unanimes.

Qui n'a pas également applaudi à ses imitations des poésies *Galliques?* Quelques vers détachés de l'Hymne du soir nous donneront, comme le dit si bien M. Hangar, une idée de cette poésie, si souple, si élégante ; malgré ses couleurs étranges et mélancoliques.

> » L'ombre à peine voile les cieux
> » Des temps évanouis la splendeur éclipsée
> » Se retrace dans ma pensée
> » Et m'inspire des chants dignes de mes aïeux.
> » Tout repose, on se tait.... les harpes suspendues
> » Languissent détendues.
> » Dernier fils d'un héros que la gloire enflamma,
> » Mes pas silencieux se traînent dans Selma ;
> » Selma, palais des rois, asile des conquêtes,
> » Fingal n'invite plus l'étranger à tes fêtes ;
> » Tes murs harmonieux, par la mousse couverts ;
> » Ne retentissent plus du doux bruit des concerts ;
> » Les braves ont vécu ; Fingal même succombe ;
> » Autour de moi tout dort du sommeil de la tombe.
> » Et je ne puis mourir ! et ma plaintive voix
> » Dit aux siècles futurs nos antiques exploits !
> » Quand la reine des nuits ne brille pas encore,
> » Quand sous l'obscurité la fleur se décolore,
> » Que les vapeurs du soir, comme un nuage épais,
> » Enveloppent les monts, les lacs et les forêts,
> » De mon génie éteint le flambeau se rallume ;
> » Le besoin de chanter m'embrase et me consume.

Ajoutons à cette lecture l'appréciation de M. Hangar qui est écrite avec un talent remarquable. (*Lire, page* 78) :

« Une plume même plus puissante, etc. »

Il serait à désirer que cette biographie de Baour-Lormian fût toujours écrite avec la même pureté de style ; il est fâcheux qu'à côté de pages dignes d'attention et d'éloge, l'on trouve des passages un peu négligés et l'oubli des règles du style.

En me résumant sur ce point, je crois avoir suffisamment démontré que Baour n'est point l'auteur des *Satires toulousaines*. Ai-je besoin d'insister encore et de relever l'erreur dans laquelle est tombé M. Hangar, lorsqu'en s'occupant de la sixième Satire, il pousse l'illusion jusqu'à dire qu'elle *est revêtue de la signature de Baour-Lormian*, et il ajoute : *avec une signification cette fois incontestable pour les plus habiles.*

Mais c'est là une erreur matérielle des plus formelles. J'ai cette Satire sous les yeux ; la signature de Baour ne s'y trouve nulle part. Seulement on peut remarquer une versification plus soignée et un peu plus d'élévation dans le style. Il y a eu de la part de M. Hangar une équivoque assez extraordinaire ; par une de ces fictions très-communes dans la poésie, le satirique met en scène Baour-Lormian , et il lui fait prendre la parole pour relever le courage des au'res membres de l'Athénée qui paraissent abattus sous les sarcasmes renaissants de l'anonyme injurieux. — Mais point de signature de Baour ; point d'aveu, ni d'indice d'où l'on puisse induire que cette Satire est son ouvrage ; et je ne sais comment m'expliquer l'équivoque si extraordinaire de M. Hangar.

Je crois en avoir dit assez sur ce point et avoir prouvé qu'il est moralement impossible d'admettre que Baour-Lormian soit l'auteur des Satires toulousaines.

Mais, à ces preuves morales, je puis joindre une preuve matérielle ; je puis démontrer que M. Tajan est le seul et le véritable auteur des *Satires toulousaines*. J'ai été l'ami , le confrère de M. Tajan à l'Académie des Jeux Floraux , à l'Académie des Sciences qu'il a présidée plusieurs années , et son collègue au Conseil de préfecture de Toulouse. Je ne veux pas abuser des communications qui peuvent avoir un caractère confidentiel ; je ne parlerai que d'une chose dont il n'a pas demandé le secret.

L'exemplaire des *Satires toulousaines* que je possède est un cadeau que m'a fait M. Tajan ; il lui en restait un très-petit nombre ; — il y a lui-même *corrigé de sa main* quelques bavures ou fautes d'impression. Ainsi , à la page 50 on avait imprimé : *Et que je destinais en galant architecte ,* ce dernier mot ne rimait pas avec *Laurette* qui se trouve au vers suivant : M. Tajan a écrit de sa main la correction ; il a écrit *en trop galant athlète ;* athlète rime parfaitement avec *Laurette.* Ainsi, à la page 40, deux vers avaient été supprimés, enlevés par la planche du prote ; on les lit rétablis, écrits de la main de M. Tajan , le premier un peu mutilé par la reliure , mais le second, *ressusciter ces fleurs que l'hiver décolore*, parfaitement tracé dans son intégrité, et l'un et l'autre de l'écriture très-mauvaise et très-reconnaissable de M. Tajan. Quel autre que l'auteur lui-même aurait pu écrire ces corrections? Les personnes qui ont eu des rapports avec M. Tajan, reconnaîtront parfaitement son écriture qui était très-mauvaise et à peu près impossible à imiter.

Voilà la *preuve matérielle* dont j'ai parlé au commencement de cette étude; et, après en avoir reconnu l'exactitude, il est impossible d'élever un doute sur cette proposition que M. Tajan est effectivement l'auteur des Satires toulousaines.

Du reste, M. Tajan n'était pas étranger aux procédés, au mécanisme de la versification; je l'ai entendu dans les bureaux de l'Académie des Jeux Floraux, disséquer avec connaissance de cause les pièces de vers qui nous étaient envoyées! On sait aussi qu'il était prosateur très-distingué; il occupait au barreau de Toulouse un rang élevé; on se rappelle encore ses plaidoyers à la cour d'assises, ceux qu'il a prononcés dans la célèbre affaire dite des *Transfuges,* et notamment dans la proédure si dramatique de *Fualdès* qui eut un immense retentissement. Tel a été l'auteur des *Satires Toulousaines*, éruption un peu volcanique d'une tête de trente ans, mais qui produisit l'excellent effet de réduire à leur juste valeur et enfin au silence une foule de barbouilleurs de papier qui furent couverts de ridicule, pour obtenir bientôt après une organisation régulière des véritables talents littéraires et artistiques qui devaient honorer notre cité.

M. Hangar a pu se tromper; il a pu tomber dans l'erreur en croyant découvrir l'auteur des *Satires toulousaines*. Il n'est pas moins vrai que son travail mérite l'estime et la reconnaissance de tous ceux qui prennent intérêt aux gloires de notre cité. — Personne ne parlait de Baour; il a appelé l'attention publique sur un beau talent dont Toulouse doit s'enorgueillir; il a obtenu une demi-justice en provoquant de la part de notre conseil municipal, la consécration de ce nom sur une de nos rues voisines du Capitole. Mais, je le répète, ce n'est là qu'une demi-justice. Il y a encore dans notre salle des Illustres, des places vides ; l'une d'elles attend le buste de Baour-Lormian ; alors justice entière sera rendue à l'auteur d'*Omasis ;* alors s'accomplira la prédiction que je lui faisais en 1850, dans une visite au quartier des Batignoles. J'allais lui communiquer quelques passages de mon poëme sur *la guerre des Albigeois* que j'étais au moment de publier. — Il eut la patience de m'écouter et la bonté de m'encourager ; — bientôt après, je lui fis hommage d'un exemplaire de ce poëme. — Permettez-moi, Messieurs, de terminer ce travail par la lecture de la lettre qu'il eut l'indulgence de me répondre en 1851, lettre par lui dictée, car il était déjà affligé d'une complète cécité ; lettre que je conserve dans mes cartons comme l'objet d'un culte domestique.

« *Paris, ce 25 septembre* 1852,

52 par erreur ; il faut lire 51 ; erreur rectifiée par le timbre de la poste.

» Monsieur et cher Compatriote,

» Vous devez me trouver bien négligent d'avoir tardé si long-
» temps à vous répondre et à vous remercier de l'envoi que vous
» avez bien voulu me faire de votre Epopée. Mais n'en accusez que
» ma déplorable santé qui depuis six mois me force de garder la
» chambre. Dans mes intervalles de repos, j'ai entendu plusieurs
» fragments de cet ouvrage, et j'y ai remarqué une connaissance
» exacte de l'époque, le caractère de Raymond parfaitement des-
» siné, et souvent de très-beaux vers.
» Je ne puis donc vous donner une opinion fondée sur la con-
» naissance approfondie de votre travail. Vous n'ignorez pas que
» je suis aveugle et qu'il m'est impossible de saisir, d'après une
» simple audition, l'ensemble d'une grande production. Il faut
» nécessairement l'avoir sous les yeux pour qu'on puisse indiquer
» à l'auteur, soit ses beautés, soit ses taches, et je me trouve en
» ce moment dans l'impossibilité de le faire. Je puis vous dire

» seulement que, d'après les morceaux qui me sont présents, vous
» avez donné des preuves d'un grand mérite poétique, et que la
» ville vous doit de la reconnaissance pour avoir élevé un monu-
» ment qui, aux yeux des vrais amateurs de la poésie, se fera par-
» donner les fautes qu'on y trouve par une foule de véritables
» beautés.

    » Veuillez, mon cher Concitoyen, agréer l'assurance de ma
» parfaite considération.

» *Pour M. Baour-Lormian,*

» C. V.

Toulouse, Impr. DOULADOURE; ROUGET FRÈRES et DELAHAUT, success", rue St-Rome, 39.

www.ingramcontent.com/pod-product-compliance
Lightning Source LLC
Chambersburg PA
CBHW061519170626

46811CB00004B/1764